健次はまだか

角川春樹

港の人

目次

健次はまだか

健次はまだか晩夏がジャズになつてゐる

止り木にマルボロを吸ふ健次の忌

涼しさや水を離るる水のこゑ

処暑の椅子しづかに過ぎる今があり

晩秋のひかりのなかで死なせてくれ

遥かなる父の昭和に火を焚けり

平成十九年十一月七日、俳人・秋山巳之流死す

巳之流《みのる》なき銀河の果てのＢＡＲともり

多喜二忌の夜の静寂《しじま》に海がある

詩の器花の師系のありぬべし

「水橋駅」は、わが生地なり
父祖の地の喜雨の水橋駅にあり

平成十六年八月九日、母・角川照子死す

炎天に戻るや母を焼きしあと

中上健次を偲び　二句

鎮魂の晩夏のジャズを弾いてくれ

健次なき路地の芙蓉の咲きにけり　春樹

ゆく夏の健次の路地があつたはず

絶句

カーニバルつひに終りし秋の暮　山村峰子

カーニバル果てて銀河の駅にゐる

地図になき父の駅なり鰤《ぶり》起《おこ》し

「鰤起し」とは、北陸の方言で、「冬の雷」

寂光をまとひし鶴の凍てにけり

火を焚くや父の背中にある枯野

存念のいのちとかたち寒椿

「存念」とは、いつも頭にある思ひ

鰤起し時間《とき》を貫く詩を欲りぬ

永久《とわ》といふ旅の途中や去年今年

花あれば

花あれば詩歌この世に立ち上がる

花あれば父の挽歌の紛れなし

花あれば西行の日と思ふべし　源義

花あれば寂寥といふ詩の器

花あれば父なき家に父のこゑ

健吉・健次・巳之流・澄雄との吉野の花見は

アルバムを閉ぢて春意《しゆんい》の幽《かす》かなり

月の人のひとりとならむ車椅子　源義

月の座となりしは父の車椅子

秋晴れのかの秋晴れに源《げん》義《ぎ》死す

後の月父に未完の詩がありぬ

平成二十二年十月二十九日、肝硬変にて俳人・松下千代死す

冬薔《そう》薇《び》モディリアーニの少女死す

十二月八日は、日米開戦日にしてレノンの忌

ばんざいと手をあげて来る昭和かな

歌人・辺見じゅんの忌日を「夕鶴忌」と命名

夕鶴となりて還りし空のあり

聖夜に向けて食べるドイツの焼菓子

孤児院の雪降る夜のシュトーレン

年の瀬の酢を効かせたる海鼠かな

父の座に葉巻のにほひ去年今年

初春の灯をともしゐる駅の書肆《しよし》

師走尽

水の上《え》に灯をこぼしゆく師走尽

「師走尽」は「大晦日」と同じ意。冬の新季語

絶句　わが生の終着駅の蟬しぐれ　松下千代

師走尽終着駅のまだ見えず

生きてゐるものに影生《あ》る初景色

ごまめ食ふ幾《いく》度《たび》修羅を経て来しや

「春のこゑ」は、「秋のこゑ」に対する新季語

流れゆく水ゆたかなる春のこゑ

明るくてまだ冷めたくて流し雛　澄雄

たましひの宿りし雛も流さるる

吉野山「井《い》光《ひか》山荘」は

月光の花の浄土となりにけり

この道や花狂ふ日の遠からず　松下千代

生きるとは狂ふことなり花浄土

はるかなるものを引き寄せ流水来《く》

啓《けい》蟄《ちつ》や雲の中より雲生まれ

薔薇大輪稚《わか》ければ神召《め》されしや　源義

薔薇大輪いのち余さず生きんとす

ロダンの首泰山木は花得たり　源義

泰山木空のまほらに父のこゑ

鳴く亀の億光年の孤独かな

平成十六年八月九日、早朝、母・照子死す

今《いま》際《ぎわ》の母は聴きしか蟬のこゑ

蟬《せん》声《せい》やいのちを紡《つむ》ぐ詩を残す

河野裕子氏の遺歌集『蟬声』が発刊さる

さらば健次よ

止り木に健次はあらず明易し

めぐり来る健次の日なり夏芙蓉

あきゆきが聴く幻の声夏ふよう　健次

バーボンの日暮れの色や健次の忌

試写室の椅子に健次がゐる晩夏

さらば健次よ八月の枯木灘

エルヴィス忌晩夏の沖の昏れゆけり

「エルヴィス忌」は、八月十六日

新涼や波のかたちに飾り塩

平成二十二年八月十六日、森澄雄先生逝去、「白鳥忌」と命名

白鳥忌水のいのちの澄みにけり

澄雄忌の月夜を渡る雁のかず

みずうみにけふ渡らねど雁の空　澄雄

潑《はつ》剌《らつ》たる山河ありけり雁の空

あめつちにあふるるひかり白鳥忌

妻のウェディング・ドレス

仮縫ひのレースを風が触れてゆく

まなうらに山河は澄めり天の川

東日本大震災より七か月

性の闇死の闇深し迢《ちよう》空《くう》忌

稲《いな》滓《し》火《び》や水の近江の仏たち

第53回川越「河」全国大会

スカラ座のロビーの椅子に秋逝かす

灯を寄せて親しむ父の未完の詩

辺見じゅん死して三か月

歳晩や遠き水辺に辿り着く

年ゆくや銀河の果てに銀河あり

春立つや昨日は何処《どこ》にもありません

西行忌

旅にして旅なつかしき西行忌

道はまた別れてゆきし西行忌

西行忌さびしき父の血をひけり

吸ひものの椀に花《はな》麩《ふ》や雛まつり

雛の灯を消せば幽《かす》かな雪のこゑ

東日本大震災より一年

蛇穴を出でて海《かい》市《し》に死者の街

吾子誕生

たんぽぽのやうな笑顔を抱きしめり

永き日のニコライ堂に灯が入りぬ

しじみ汁ひとは情けの器なり

しじみ汁いのちの限り母の恩　春樹

菜の花や源義《げんぎ》手擦れの二眼レフ

ピザを焼くナポリの窯や謝肉祭

黄金週間《ゴールデンウィーク》日暮れの駅がそこにあり

黄金週間人を逃がれて人に逢ふ

白南風《しろはえ》やコルトレーンのジャズ流る

アロハ着てわが七十のわつはつは

花行脚

詩は魂《たま》の器なりけり雲に鳥

「雲に鳥」は、「鳥雲に入る」と同じ意

東日本大震災より二年

震災忌いのちの種を蒔《ま》きにけり

菓子を焼く修道院の遅日かな

ひとはみな途上のいのち鳥ぐもり

京の塚近江の塚や花行脚　照子

うしろより母のこゑして花行脚

花行脚わが詩の水脈《みお》の涸れずあり

花夕焼わけても今日の遥かなり

花行脚母がこの世にゐた時間

アスパラガス茹《う》でて母なし姉もなし

メーデーや父の戦後の寂とあり

昭和四十五年五月二十一日、妹・真理自裁

天《あま》の扉《と》は死者にひらきて朴の花

人の死の美しかりし朴月夜

残像のまだ椅子にあるバルコニー

それ以後の天にこゑあり朴の花

しんかんとひとりの昼の冷さうめん

灯を消して守宮《やもり》に夜をあけわたす

どぜう鍋いまも源義のからび声

ナプキンは花のかたちに巴里祭

巴里祭やジャズのライブの椅子を足す

母・照子死して九年

ひと亡くてただ一本の灼くる道

天上の照子はいかに蟬しぐれ

辺見じゅんの九月のカレンダーには、「松勘」の予約あり

夕鶴忌壁に未完のカレンダー

いのちみな水より生《あ》るる水の秋

菊の日や蒔《まき》絵《え》の椀に栗の飯

マリーナの灯のうつくしき白露かな

第55回鎌倉「河」全国大会

色鳥やいのちの触れあふいのちあり

秋山巳之流の墓も源義の墓と同様に小平にあり

此処にゐる淋しい人も綿虫も

父の墓巳《み》之《の》流《る》の墓も冬に入る

十二月十四日は、母・照子の誕生日なれば

義士の日の浪花《なにわ》うどんを啜りけり

借り物のいのちと年を惜しみけり

小平墓地に源義を訪ふ

元日の日をあつめけり父の墓

「魂の一行詩」とは

この小さき器にいのち満ちて春

初春の花の扇をひらきけり

あらたまの空より今日の生まれけり

サイフォンの音立ててゐる四日かな

花びら餅母の遺愛の萩茶碗

ざぶざぶと日の当りけり蓮の骨

農詩人・本宮哲郎を悼み。三句

晴れも褻《け》も農の詩《うた》なり信濃川

花あかり死者のあかりとなりにけり

花冷えの田より抜きたる足二本　哲郎

茎《くき》立《だち》やいつか死ぬ日の足二本

東日本大震災から三年。二句

みな同じ海を見てゐる海市《かいし》かな

蜃気楼たましひ還るところなし

若き日の母に馴染めず花曇り

母坐るところに春の風のあり　春樹

薫風やこの明るさは母のもの

白地着て白のしづけさ原爆忌　澄雄

戦争てふ地獄見てきし白地かな

人は火を作る生きものの原爆忌

母・照子死して十年、魂は何処にありや

蟬しぐれ母は何処《いずこ》の駅にをり

母死後の母の梅酒の甘かりき

個々にしてひとつのいのち天の川

詩の水脈《みお》は荻窪にあり秋のこゑ

ガリ版の頃の詩集や鷹渡る

ゆく秋や書架に戻らぬ源義の詩

父死後の水の時間の水澄めり

秋の道水の思想に辿り着く

ゆく秋の水橋駅に日暮れけり

光陰のわれを過ぎゆく野分かな
第56回京都「河」全国大会

秋山巳之流死して七年。十四句

新《あら》走《ばし》り秋山巳之流が来るだらう

火を焚くやこの世止まるもののなし

ゆく秋やいまも放浪してますか

漂泊のブルースお前は何処《どこ》にゐる

過去よりも今がなつかし衣かつぎ

何時《いつ》よりか残り時間の煮凝《にこご》りぬ

焚火してわれに還らぬものいくつ

寄せ鍋や生者は死者に生かさるる

わが聲のわが軀《み》に深く火を焚けり

去年今年死者と旅してゐたりけり

年迎ふ流離の果てのいのちの緒

初春や花西行をこころざす

秋山巳之流に遺句集『花西行』あれば

花西行応へよ生きるとは何か

巳之流来て花の一夜《ひとよ》に遊ぶべし

乃木坂

乃木坂の書舗の灯淡き霜夜かな

中村獅童出演の京都南座

はなやかな時雨となりぬ楽屋口

四十一年前、清瀬の東京病院に父を訪ふ

この道を行けば縕袍《どてら》の源義ゐる

熱燗や淋しき父に到りつく　春樹

熱燗や父をひとりにして帰る

西行を詠ふ父あり去年今年

初春のいのちしづかに暮れゆけり

藺玉や雪降る夜の加賀言葉

昭和六十三年、吉野の花見の光景は

日脚伸ぶこのアルバムは死者ばかり

乃木坂の花舗の灯漏るる春隣り

流氷やわが軀《み》に昏き源義の血

乃木坂に春のにほひの雨のころ

荻窪の「金寿司」の女将・蛭田千尋は
バレンタインデー晴れも褻《け》もなき水を打つ

西行忌不良が文化を産み落とす

ひとはみな未完の旅に西行忌

種蒔くや生くる限りは死の途上

田楽やをとこ盛りをいつか過ぐ

もう一度花の吉野に来て下さい

健吉・健次・照子・巳之流・澄雄・じゅん

約束の地に降り佇《た》てば花のこゑ

平成二十七年三月二十九日、小平霊園吟行

雛子鳴くや詩《うた》もいのちも虚に遊び

花西行この世に詩歌まぎれなし

此の道の花西行を父と呼ぶ

十一年前の四月八日、静岡刑務所を出所

獄を出て過ぎし月日や花がすみ

獄を出て落花の中を帰りけり

おのが問ひおのれが応へ花の雨

荻窪・幻戯山房の父の樹の泰山木は今

父の日の泰山木のひらきけり

天にこゑ泰山木の花暮れず

父情さびし泰山木の花のころ

ふるさとの水橋駅に辺見じゅんと源義を待つ

父を待つ日暮れの駅や麦の秋

父の日のマルボロを吸ふ父がゐる

源義が死んだ。マルボロを吸ふ

父の日や血脈といふ昏きもの

夏至の日の夕ぐれながき葛西橋

存在と時間とジンと晩夏光　春樹

白《しろ》南《は》風《え》やジンの時間の昏れてゆく

生者より死者の親しき冷さうめん

国敗れたる日や天にこゑもなし

獄中忌

軀《み》より湧くもがりの笛を聴きにけり

初雪の底抜けて降る夜の獄舎

ゆく年の何処《どこ》より遠い場所にゐる

初笑ひ両手でつかむ膝小僧

獄中の畳に日脚伸びにけり　春樹

ひとりとはひとつのいのち日脚伸ぶ

春ひとり眼《め》を閉ぢて今見ゆるもの

囀りや見えざるものを手で掬ひ

ひとりひとり生きる寂しさ雲に鳥

帰らねばならぬ駅あり花の雨

ゆく春や赤い時間がこぼれ落つ

母の日や母を泣かせし日の遠し

黒き蝶ゴッホの耳を殺《そ》ぎに来る　春樹

黒き蝶監視カメラの中にゐる

屈葬のごとく膝抱き敗戦日

羽蟻の夜淋しき人は手を挙げよ

獄の手にすくふ晩夏のひかりかな

生きたい日死にたい日あり天の川

身に入《し》むやひとりの獄のひとりの餉《げ》

鉄格子聖夜に雪の降り初《そ》めぬ

父の詫び状

今日すでに遠い過去なり処暑の雨

母・照子死して十一年

ぬか床のまだ生きてをり蟬時雨

四年前の台風の日に、辺見じゅんは旅立った

いのちみな水に還りし野分かな

言葉なきいのちはあらず鶴の天

身に入《し》むやおのれに遠き風のこゑ

ゆく秋やすべてが水となる時間

向原常美より冬至の柚子《ゆず》を賜《たまわ》る

柚子は黄に大悲の水の澄みにけり

二十一年前の千葉南署の鉄格子より

淋しさや遠き枯野に日が当たり

折鶴をひらけば遠き日の枯野

第57回東京「河」全国大会

この道のほかに道なし初しぐれ

七草のまことに淡き粥の味　春樹

あめつちの齢《よわい》あかりに七日粥

わがものにあらざるいのち七日粥

平凡ないのちがひとつ七日粥

梅林や茫々たりし母の声　照子

梅二月背のなき椅子にあるごとし

麻布十番「おもかげ」

梅二月昭和のカフェにひらと入る

帰らんと我はいづくへ鳥帰る　澄雄

今生を詩歌に生きて帰る雁

きさらぎやいつかは帰る水辺あり

つちふるや黄河はつひに現はれず　松下千代

つちふるやかの楼《ろう》蘭《らん》を未だ見ず

つちふるや一九六〇年の遠きデモ

源義死して四十一年、照子死して十二年

我の負ふものの何ならむ青き踏む

源《げん》義《ぎ》なき幻《げん》戯《ぎ》山房草萌ゆる

多くの人に絶交状を書いた源義の詫び状

存念の父の詫び状木々芽吹く

逃げ水やライカの中に父のこゑ

獄よりも深き闇なし春の闇

引鶴のあちらの時間花時雨
「花時雨」は、辺見じゅんの発見した季語

たましひを鳴らして花の時雨来る

三月十一日の夜は

花冷の老人が弾くジャズピアノ

逢ふよりも訣《わか》るる齢《よわい》雲に鳥　春樹

今生の残り時間や雲に鳥

花あれば父の昭和が血を流す

花西行なつかしき世に遊びをり

雁帰りしのちのうつろにおのれをり　澄雄

使はざる時間をたたみ雁帰る

健吉・健次・巳之流・澄雄がゐた吉野駅は

あの日には還れぬ花の駅にゐる

仏生会なに成すために生きて来し

獄を出てわれのいのちに花が降る

花西行一所不住をこころざす

健次が愛した新宿二丁目のＢＡＲには

健次なき時間の椅子や春の暮

昭和の日いまも健次の椅子がある

修司の日修司のやうに生きられず

いつからのこころの錆や寺山忌　春樹

健次待つサマータイムの駅があり

詩　二編

麦秋の駅

見失つた「時」がゐる　といふので
記憶の鍵を探しに
麦秋の中に　ある
見知らぬ駅に　降り立つた
五月の椅子に　他人のやうに　坐りながら
水平線に　遥かなものが　過ぎてゆくのを
黙つて眺めてゐる
父の戦後が　麦秋の駅に　あり
きのふは日暮れに　神がゐた　といふのに
今は影が　あるだけだ

方舟の着いた銀河に　神がゐるといふのは
本当のことだらうか
不条理な青空の下に
人のかたちをした陽炎が　列車から降り
人間の皮を脱ぎ捨てた　鱏《えい》が横切る
いまだ過去とはならぬ過去に
昭和の母が
午後三時の光の中に
白いエプロンをひるがへす
をんなは　暗い樹に　似て
五体は　液体となる
掬《すく》ひきれぬものの　かずかずが
飢ゑた五月の空に　垂れてゐる
明日《あした》の　非常ベルが　鳴り

立ち入り禁止の　向かう側から
赤い中隊が　走り出す
空は淋しいふりをするだけで
フロイトの　脳の地平を
青い風が　吹くホームに
皇帝が　つるつると駅の水を　啜つてゐる
わたしは　誰かを待つてゐる
人には扉が　いくつもあるのに
わたしに　開くドアが　ない
洗面器に　水子が　ひそみ
暗渠《あんきよ》に　赤子が　泳いでゐる
歯車が　廻つて夜が　動き出す前に
氷河期の男が　壺を焼いてをり
貌ひとつない帽子店に

浮き輪を持たない家族が
アスファルトに　血を流してゐる
鳩笛が　聴こえ
遠いところで　人は泳ぎ
名を変へて流れる川では
静かなクロールが　横切る
わたしは　過去の誰かを待つてゐる
狂ふべき時に　狂はず
ダリアが　咲き誇り
欲情に　似た眩暈《めまい》が　する
夏の鶯《うぐいす》が
詩の空白に　鳴き渡り
退屈な午後のベンチに
羽抜鶏《はぬけどり》は　赤い夢を見てゐる

杳《よう》として過ぎゆくものや
黒い血を噴《ふ》いた過去が
日本語に　身を横たへてゐる
堕胎せる言葉に　蠅が生まれ
からだのなかのかざぐるまに
遥かなる日が　こぼれ落ちてゆく
駅の構内に　日暮れのカフェがあり
ドライ・マティーニの男が
ひとり　ダイスを振つてゐる
ジンを飲みさうな男が
椅子のかたちの時間に　ゐる
愛が　渇くまで
麦秋の沖に　ゐたのに
なにかが　腐り出してゆく

二階の開けてある窓から
父が　ひとり
錆びた錨《いかり》を降ろしてゐる
死も快楽《けらく》だ　といふのか
枯野を故郷とした
ホームレスが
ひとり　ボールを蹴つてゐる
おととひときのふを繋《つな》ぐ
いつぽんの鎖《くさり》が　垂れ
わたしから逃げ出した　わたしを
麦秋の中の　日暮れの駅で
五月の椅子に　坐り
わたしは　見知らぬわたしを
しづかに　まつてゐる

「現代詩手帖」二〇〇八年十一月号より

向日葵の駅

時の長いトンネルを抜けると
向日葵の咲く
海の駅が　あつた
既視感《デ・ジャビュ》のある直感に従つて
七月の駅に　降りる
ホームに　立つてゐると
遠い海鳴りが　聴こえて来る
ホームから見える沖には
死者ばかりが　渉《わた》り

向日葵の焦げた花芯《かしん》にも
青い海の音が　ある
この世は　駅に　似てゐる
途中下車と乗り継《つ》ぎを
繰り返すが
終着駅は　まだ先に　ある
通過する列車が　悲鳴をあげ
羽化したばかりの少女たちが
メダルのやうに
改札口から
吐き出されて来る
記憶のなかの青い花火が
錨《いかり》のやうに　重く沈んでゐる
きのふと似たけふの空を

飛行船が　ゆつくりと流れ
ひとすぢの青いひかりが
寂寥《せきりよう》の糸となつて
視界を通り過ぎてゆく
永遠の今が　ある　といふやうに
駅のはずれに
給水塔が　あり
なぜか　男がひとり泣いてゐる
今も何かに　飢ゑてゐる空は
此処《ここ》よりもずつと
遠いところの
まぼろしだ
つばめが　飛ぶ
微熱《びねつ》のある空に

かつて母と呼んだものが
ぶらさがつてゐる
この夏空のどこに
非常口が　ある　といふのか
虚空の奥に　虚空が　あり
神は　存在するが
ただ在るだけだ
二丁目の空に　戦争が　立つてゐて
五十年後の夕日に
この国の皇帝ペンギンが
亡命する
噴水のある駅の広場を横切ると
「WOODY」といふ名の
BARが　ある

遠い日の　遠い海鳴りのある
木の椅子に　坐り
短い顎髭《あごひげ》の　無口なマスターに
ジンとベルモットの
オリーブの入つた
ドライ・マティーニを作らせる
ニューヨーク生まれの
ヘミングウェイの愛した
傑作カクテル
初めての店だが
望みどほりの　感性
微《かす》かに　レモンの香りが　ある
マスターは　静かに
微笑《ほほ》んでゐる

再び既視感《デ・ジャビュ》の
青い霧が　立ちこめる
テラスの椅子には
ウェスタン・シャツの
老人が　ゐて
ひとり　ハーモニカを吹いてゐる
草原を吹く　風のなかに
生き耐へて　個が立ちつくす
去年の秋晴の朝に
青鮫が　やつと死んだ
過ぎ去るものは
青を帯び
時の日の午後三時の止り木は
この世の涯《はて》の

雷鳥《らいちょう》となつて
まだ見えぬ地を
翔《か》けてゆく
向日葵の炎が　暮れてゆき
黄色い時間と赤い扉が残る
そのとき　パナマ帽の
白い麻服を着た男が　入つてきた
黙つて止まり木に　坐り
フローズン・ダイキリを　注文する
去年死んだ　青鮫
まだ三十代の　父だつた
若い父は
チェ・ゲバラが　好んだ
ハバナの葉巻をふかす

教会の　彼《か》の世の鐘が　鳴り
遥かな声が　聴こえる
ハーモニカを吹き終えた老人が
ＢＡＲに　もどり
パナマ帽の　若い父と共に
ジュークボックスから
流れるブルースに
耳を傾ける
疲れた今日が　終はり
さまざまな楽器を
たずさえた　男たちが
ＢＡＲの奥に　ある
昭和の椅子に　腰かける
天井には　プロペラの

扇風機が　ゆつくり廻り
バスルームから　出たばかりといつた
マノンのやうな女が
サマータイムを
唄ひ出す
遠い海から来た男が
バーボンのオンザロックを飲み
レフト・アローンの演奏を終えた
男たちが　向日葵の
駅の上にある　永遠を見に
スウィング・ドアを開けて
眉のやうな夕月のかかる
駅の広場に　消えてゆく
七月の駅は

青い夜空に
オレンジ色の灯をともす
ひとはなぜ　生まれ
どこへ　還つてゆくのか
銀河にも　飢餓海峡が　あり
帝国を追放された　男が
ひとり　銀河の砂を平《なら》してゐる
エズラ・パウンドの　短い詩が
エリオットの荒地に　吹雪いてゐる
現代詩は　沖の彼方に　消え
こころが　言葉を越えてゆく前に
向日葵の咲く
日暮れの駅に　向かつて
わたしは　歩きだす

俳誌「河」二〇〇八年十二月号より

俳句と言の葉

中上健次

鋭い切っ先

西行の庵《いほり》も花の時雨かな　角川春樹

文学や物語を考える者に、俳句や短歌という定型のジャンルは、眩《まば》ゆい輝きを放っている。言葉が風化しやすく、大抵のものが修辞的なものに転化してしまう現代だからこそ、日本語の言の葉の一等鋭い切っ先が出る。

俳句の角川春樹は、日本の言語状況の一等鋭い端《はな》であろう。大胆極まりない『流され王』という句集の題ひとつ見ても、この俳人の言の葉の本能、言の葉とともに震える感性の因果がくっきりと顕れ、同時代人を打つ。私には、角川春樹は、言の葉というもののテクストである。

テクストを言い直せば、現代という時代を、角川春樹の俳句を通して読解するという事である。定型の是非の議論も耳にした。俳句第二芸術論の意見にも耳を傾けた。しかし私は、それらを排したいのである。言の葉が絶えず向き合う「生命」と「たましい」。定型は、俳句は、それを問うている。知の最前線と喧伝されるデリダの脱構築も、ドゥルーズのリゾーム（根茎）も「生命」と「たましい」を越えるものではない。この句を創る時、私はそばにいた。

花とは古人が吉凶を占った稲の端《はな》から転化したものである事は言うまでもない。花と端を両眼に視て、この俳人は時雨の中に立ちつくす。庵に住む西行の狂気が、いま、言の葉に誘われ、鎮められる。

「たましい」の力

流されてたましひ鳥となり帰る　角川春樹

言の葉の本来の力や輝きを回復しようとするなら、どうしても昔から言われている「生命」と「たましい」に目を向けざるを得ない。「生命」と「たましい」は、同じようでいて、違うものだ。刻々と行う呼吸と共に「生命」がある。取りあえず私たちの身の回りは「生命」の讃歌が繰りひろげられ、「生命」に保険がかけられ、「生命」の延命策が次々と発明、発見されている。慶賀の至りだが、それだけなら何と味気ない事か。

大量に印刷される新聞、週刊誌、おびただしい言葉。私たちは「生命」の過剰、言葉の過剰の中で暮らし、ある日、指にささくれが出来た程度の小さなつまずきから、われに返り、たたずんでしまう。たたずみ、耳を澄まし、微かに震動するものをとらえる。それが「たましい」だ。

「生命」とは「たましい」と一緒にあって十全になるし、言葉は言の葉、言霊と一緒になって物を動かす力を持つ。「たましい」や言霊を考え問わぬ限り、一句（一首）たりとも成り立たぬ俳句や短歌は、現代社会という砂漠のオアシスとして、私たちの前にあらわれるのはこのような経緯がある。前掲の一句は、「たましい」を直に歌うこの俳人の万物との交感能力を示した絶唱である。

無意識の祖型

能褒野《のぼの》来て雨も椿もこぼれけり　角川春樹

「生命」と「たましい」を考える上で大事なのは、「日本」人という事である。「日本」人を、私は常日ごろから、日本語を母国語とする者と考えている。言葉を使う限り私たちの中に刷り込まれた「日本」人というものにどうしても向かいあわざるをえない。たとえば折口信夫が発見した貴種流離譚。貴種、平たく言えば王となるべき人が流される。貴種が場所を求めてさまよう。これは他の国語の人と大きく違う。

「日本」人とよく似た心性のギリシャ人の悲劇に、「オイディプス王」がある。これも運命を予言された王子が流されるというのが劇の発端であるが、ギリシャ人は〝流され王〟たるオイディプスの回帰まで描くのである。さらにユダヤ人のフロイトは、回帰して、父を殺し母を犯す所に力点をおき、無意識の祖型を掘り起こす。私たち「日本」人は、回帰ではなく、流される。流れる事に力点をおく。これはギリシャ人と「日本」人の違いであり、ユダヤ人と「日本」人の違いである。

前掲の句の、「雨も椿もこぼれけり」は、「日本」人たるこの俳人が視た「日本」人の日本武尊の劇である。私たちの無意識の祖型がつかみ出されて、ある。

語り物文芸の血

まぼろしの一騎駆け来る北風《きた》の中　角川春樹

王たるべき人が流れる、流されるという貴種流離譚が、私たちの文芸の最も深いところにある無意識の祖型であるのは、端的に言えば、私たちの自然がそうさせているのである。

貴種が場所を求めてさまよい、貴種でない私たち（つまり文芸者）が貴種のさまよった跡をたどり、花鳥風月や草々から、排除された人、敗れた人の呻《うめ》き声を耳にし、涙を透かし視る。声を耳にし、姿を視たそこが任意に立ち顕れた「流され王」の場所なのである。語り部のように大きな力に強いられて語り詠うしかない文芸者が、「流され王」の「たましい」と一緒に共振れし、慰め、心の中で秘かにしかるべき尊い地位におつけもしようと図りもする。俳句が優れて現代的なのは、かような場所というものの中に刷り込まれた語り物文芸の血がはっきりとうかがえるからである。

角川春樹第三句集『流され王』は、現代の最先鋭の文芸ジャンルとしての俳句の可能性を示した作物として、私のような物語のジャンルにいる文芸者に衝撃だった。それに「流され王」という句集の題がねたましい。というのも、日本語で書く物語の本当の主人公が「流され王」である事は疑いないからである。

『中上健次全集』15より

あとがき

健次はまだか晩夏がジャズになつてゐる
止り木にマルボロを吸ふ健次の忌

小説家中上健次は、平成四年八月十二日に勝浦の日比病院で命終の日を迎えた。中上健次への追悼句集『健次はまだか』の冒頭の右の二句は、平成二十年「河」九月号に掲載された作品である。句集として一本にまとめるまでに八年の月日が流れた。

私と中上健次との出逢いは、花の吉野へ行く新幹線の車中であった。私たち二人を引き合わせたのは、文芸評論家の山本健吉さんだった。

私と中上は、満開の花の吉野で、雪の降った後の満月を眺めるという、まさに雪月花を同時に眺める僥倖《ぎょうこう》に三度もめぐまれた。

平成十年七月に、角川春樹編『現代俳句歳時記』が刊行されたが、その中には、新しい季語として、山本健吉さんや寺山修司と共に、中上健次の忌日を収録することになった。例句として、次の一句を載《の》せた。

健次なき路地に芙蓉の咲きにけり　角川春樹

歌人の福島泰樹さんのエッセイ『追憶の風景』が今年の一月に刊行され、朝日新聞のインタビューを受けて、次のように語った。

「この年齢になってありがたいのは、思い出がいっぱいあること。思い出に向き合うことが、どれだけ楽しくて豊かなことか。記憶の中の死者たちは死んでいないのです」

前述の『現代俳句歳時記』には、姉の辺見じゅんの次の一句が収録されている。

寄せ鍋や歳《よわい》あかりに姉おとと　辺見じゅん

辺見じゅんの右の句に対して、句集『健次はまだか』には、次の一句を載せた。

寄せ鍋や生者は死者に生かさるる

私が挽歌を書き続けるのは、多くの死者によって生かされているからだ。私は自身の命終の日を迎えるまで、これからも死者たちを詠《よ》み続けるだろう。記憶の中の死者たちは、まだ生きているからである。

角川春樹

角川春樹◎かどかわ　はるき
昭和十七年一月八日富山県生まれ。國學院大學卒業。父・源義が創業した角川書店を継承し、出版界に大きなムーブメントを起こす。抒情性の恢復を提唱する俳句結社誌「河」を引き継ぎ、主宰として後進の指導、育成に力を注ぐ。平成十八年日本一行詩協会を設立し、「魂の一行詩」運動を展開。句集に『カエサルの地』『信長の首』（芸術選奨文部大臣新人賞・俳人協会新人賞）、『流され王』（読売文学賞）、『花咲爺』（蛇笏賞）、『檻』『存在と時間』『いのちの緒』『海鼠の日』（山本健吉賞）、『JAPAN』（加藤郁乎賞）、『男たちのブルース』『白鳥忌』『夕鶴忌』など。著作に『「いのち」の思想』『詩の真実』『叛逆の十七文字』、編著に『現代俳句歳時記』『季寄せ』など多数。
俳誌「河」主宰、角川春樹事務所社長。

健次はまだか　　二〇一六年九月二一日初版第一刷発行

著者　角川春樹　発行者　上野勇治　発行　港の人
神奈川県鎌倉市由比ガ浜三—一一—四九　〒二四八—〇〇一四
電話〇四六七—六〇—一三七四　ＦＡＸ〇四六七—六〇—一三七五
装幀　西田優子　印刷製本　シナノ印刷　ISBN978-4-89629-317-3